克瓦特探案集 ①

口香糖阴谋

〔德〕于尔根·班舍鲁斯 著

〔德〕拉尔夫·布茨科夫 绘

齐振增/陈兆 译

汉斯约里·马丁奖

德国优秀青少年侦探故事小说奖

百花洲文艺出版社

BAIHUAZHOU LITERATURE AND ART PRESS

图书在版编目（CIP）数据

口香糖阴谋 /（德）班舍鲁斯著；（德）布茨科夫绘；
齐振增，陈兆译 . —南昌：百花洲文艺出版社，2015.9
（克瓦特探案集）
ISBN 978-7-5500-1483-1

Ⅰ.①口… Ⅱ.①班… ②布… ③齐… ④陈… Ⅲ.①儿童文学-
侦探小说-德国-现代 Ⅳ.① I516.84

中国版本图书馆 CIP 数据核字（2015）第 198076 号

Author: Jürgen Banscherus
Illustrator: Ralf Butschkow
© Die Kaugummiverschwörung Ein Fall für Kwiatkowski. Bd.01 (1995)
© Die verschwundenen Rollschuhe Ein Fall für Kwiatkowski. Bd.02 (1995)
by Arena Verlag GmbH, Würzburg, Germany.
www.arena-verlag. de
Chinese language edition arranged through HERCULES Business & Culture
GmbH, Germany
Translation copyright © 2015 by shanghai 99 Culture Consulting Co.Ltd.

江西省版权局著作权合同登记号：14-2015-0199

口香糖阴谋　克瓦特探案集①

〔德〕于尔根·班舍鲁斯　著　〔德〕拉尔夫·布茨科夫　绘
齐振增　陈兆　译

出 版 人	姚雪雪
责任编辑	王丰林　郝玮刚
特约策划	尚飞　杨芹
封面设计	李佳
出版发行	百花洲文艺出版社
社　　址	南昌市红谷滩新区世贸路 898 号博能中心 A 座 9 楼
邮　　编	330038
经　　销	全国新华书店
印　　刷	山东德州新华印务有限责任公司
开　　本	889mm×1194mm　1/32
印　　张	5.25
版　　次	2016 年 2 月第 1 版第 1 次印刷
字　　数	46 千字
书　　号	ISBN 978-7-5500-1483-1
定　　价	16.00 元

赣版权登字：05-2015-338

网址　http://www.bhzwy.com
图书若有印装错误，影响阅读，可向承印厂联系调换。

目 录

克瓦特探案集

口香糖阴谋

齐振增 译

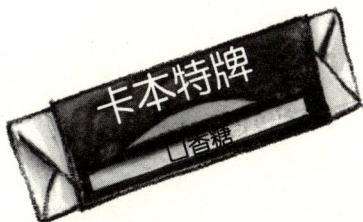

1

我叫克瓦特，是一个私家侦探。我现在正好要起床。我每天起床后会从冰箱里拿一瓶牛奶，然后嚼当天的第一块口香糖。当然，那不是普通的口香糖——我只嚼卡本特牌①，嚼其他口香糖对我而言就像嚼鞋底的橡胶一样。

---

① 卡本特牌：一种英国产的儿童口香糖。

3

自我会思考以来，我就是个私家侦探。还是婴儿时，我就能找到每块积木和每块消失在沙箱里的糖果。不知为什么，我的鼻子对这些东西总是很敏感。

就在上个暑假，我又用到了自己这非常敏感的鼻子。那天早晨，我坐在自己房间的写字桌旁，期待着发生点什么事情。我面前放着一杯牛奶，牛奶旁边有一张字条：

你今天还不收拾屋子吗？本来我想把你叫醒，但遗憾的是——我没有找到你的床。

妈妈

我把一块口香糖塞进嘴里，环顾了一下我的房间。没错，确实有些乱糟糟的。

但是，我还能毫不费力地走到那个装着不少盒牛奶的冰箱前，而且还可以走到那架老式留声机旁。所以，我好像还不用急着收拾房间。

喝完牛奶，我打开了窗户。我们这条街死一般地寂静。这没什么可奇怪的，邻居们都出去度假了，有的去了突尼斯，有的去了伊维萨岛①。对一名侦探来说，暑假是最无趣的时候。难道就没有谁家的豚鼠跑掉了，或是谁家的尿布被盗了吗？

我嘴里的口香糖已经没有味道了。我把它吐到字纸篓里，想拿一块新的。可是，包装盒

① 伊维萨岛：西班牙巴利阿里群岛中的一座岛屿。

里已经空了。没办法，我只好去奥尔佳的售货亭，给自己囤一些吃着方便。因为只有在她那儿，我才能买到我最爱嚼的卡本特牌口香糖。我是她最忠实的顾客之一。

"喂，克瓦特！"一看见我朝她的售货亭一路小跑，奥尔佳就大声喊道。

"喂，奥尔佳！"我跟她打招呼，"请给我五包卡本特牌口香糖。对了，再来一瓶汽水。"

奥尔佳说话时带着重重的鼻音："汽水有，可是……"

这时，我一下子慌了。"难道你不卖卡本

售 货 亭

8

特牌口香糖了吗?" 我问道。

"不," 她回答说,"是口香糖最近不见了。"

"你说什么?" 我惊得目瞪口呆,"口香糖不见了? 是从什么时候开始的?"

"两三天了,而且丢的都是卡本特牌。很奇怪是吗? 这已经发生过五次了。我不断地补新货,但当有人想买时,就发现它们没了。"

"也许是你把它们放错了地方。" 我说。

"我还不至于那么丢三落四。" 奥尔佳反驳道,"再说,我还翻遍了每个角落。"

我喝完了汽水,问:"你又补货了吧?"

奥尔佳点点头。

"啊，太好了！"我说，"什么时候到货？"

"明天早晨。"她回答说。当她看见我皱起眉头时，就建议道："也许从现在到明天早晨这段时间里，你可以破例来一点儿其他牌子的口香糖？"

我赶紧摇摇头，说："要么是卡本特牌的，要么什么都不要。"

奥尔佳笑了起来，向柜台外探出身子。

"你真可爱，克瓦特。"她说话的声音带着浓重的鼻音，同时伸出手想抚摸我的脸。我马上向后退了两步。我喜欢奥尔佳，真的，但是我不想让人抚摸我的脸。谁都不行！

这时，我的脑子里忽然闪过了一个念头……是的，不费吹灰之力，我就有了一个计划。

"明天我要行动！"我对奥尔佳说。

"你想干什么，我的小家伙？"

"我想搞清楚到底是谁把口香糖偷走了。"我说，"口香糖肯定是被偷走的，不可能是其他原因。这可能是一帮惯偷。要是他们把你的内裤偷走，你都不会有所察觉。"

奥尔佳用手指着我说："这样的话你不该说，克瓦特。"然后，她变得严肃起来。"如果你肯定是被偷走的，那我得去报警。"她说。

可这只是我的猜测嘛。我连忙拦住她说："你真以为警察会把几块口香糖放在心上？不会的，让我来办吧。如果我办不了，你再去报警也不迟啊。"

"那……好吧。"奥尔佳慢慢地说。这时候

她好像很想拥抱我，那我可得当心，因此，我小心地往后再退了一步。

"不过，我总不能白干……"我说。

"你说什么？"

"要是我干成了，你得给我五包卡本特牌口香糖。"我不慌不忙地继续说道，"同意吗？"

奥尔佳轻松地点点头，说："没问题，克瓦特，我同意啦！"

（老式收银机）

13

2

这一夜，我睡得很不好。我梦见了一群巨大的戴着警盔的口香糖。当它们其中一个举起警棍向我走来时，我吓醒了，浑身都湿漉漉的。

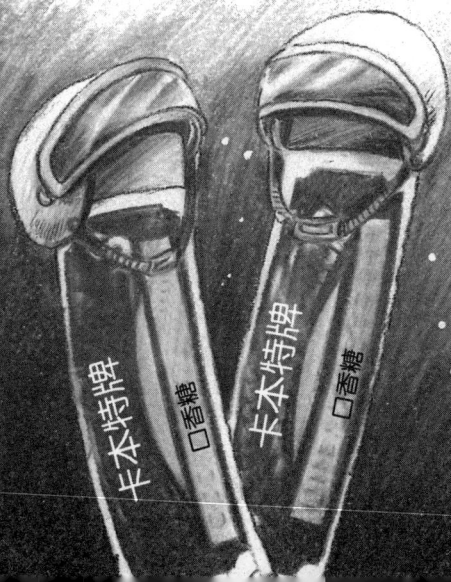

卡本特牌 □香糖

卡本特牌 □香糖

我看了一下闹钟，才五点钟，我可以听见外边传来鸟儿的第一声啼叫，和送报人骑着摩托车驶过住宅区的嘟嘟声。

这个时候，我本该嚼一块卡本特牌口香糖，可是，那帮愚蠢的家伙竟然把它给偷走了！唉，没了口香糖，我的生活真是既空虚又无聊！

我悄悄地穿上衣服，从冰箱里拿出一瓶牛奶，溜出了房子。妈妈还在睡觉，我不想把她叫醒。当然，她不喜欢独自吃早餐，但是她得适应私家侦探的生活节奏。

奥尔佳的售货亭并不远。我到那儿的时候，铁栅栏还没取下，门前堆着刚刚出版的

报纸。

我藏在附近的灌木丛后。从这儿，我可以不受干扰地观察售货亭那儿所发生的一切。我把牛奶放在身边。等待会让人口渴，这我是知道的。六点差一点儿时，奥尔佳出现了。

她把栅栏从窗户和门上取下来，把成捆的报纸拖进售货亭。我在原地一动也不动。奥尔佳不知道有人在观察她。她像往常一样忙着，没有引起任何人的怀疑。我继续等待着……

八点左右，来了一辆送货车。司机给售货亭运来了成箱的水果糖、油炸土豆

片、撒有盐粒的面包棍……当然，还有卡本特牌口香糖！不管在夜间，还是在雾天，也不管距离远近，我都能认出我的口香糖。

我真想马上跳起来，去奥尔佳那儿把那些小包的卡本特牌口香糖买足了。可是，因为我要把这个案件搞清楚，所以我只好继续待在我藏身的地方，虽然我已经闻到卡本特牌口香糖的香味啦。

我正在喝最后的一点牛奶。这时，三个孩子——两个男孩和一个女孩朝着售货亭走来。这三个人的行为看起来毫无

可疑之处。不过，我还是立刻高度警觉起来。

我使劲往前探着身子，决心不放过任何蛛丝

马迹。

那两个男孩站到售货亭的柜台前和奥尔佳

说着什么。他们好像要买些很不一般的东西，

因为奥尔佳不得不一再询问。最后，奥尔佳进

了售货亭里间。

就在这时，那个女孩机敏地爬上柜台，飞

快地把所有的卡本特牌口香糖都塞进了她的挎

包。然后，她就跑开了，沿着大街跑下去。那两个男孩朝另一个方向走了。奥尔佳这时还在售货亭里间翻来翻去。

太大胆了，把我的口香糖给偷走了！于是我从隐蔽的地点跳出来，去追那个女孩。

不一会儿我就追上她了。她这时不跑了，马尾辫摆来摆去，正沿着街边的商店闲逛。我一直等到红灯时她不得不停下来，才站到她旁边。

"给我一块口香糖行吗？"我问她。

她非常吃惊地看着我，突然向马路对面跑去。马路上可都是开得飞快的汽车！我在最后一刻抓住她的衣袖，把她拉回安全的人行

售货亭

道上。

"你疯了吗?"我大声斥责她。

她非但不感谢我救了她,反而吼叫起来:"放开我!"

我当然不会放开她。我不仅不放开她,而且还把她的挎包从她的肩上拽了下来。这时至少有五十小包卡本特牌口香糖掉到了石子路上。五十小包! 够我舒舒服服地嚼上两个月!

"你为什么偷这些口香糖?"我问。

女孩并不回答。她蹲在人行道上,急着捡口香糖。

"你为什么偷这些口香糖？"我又问了一遍。

她站起来，捋捋头发，长吐了一口气。"你怎么知道是我偷了口香糖？"她反问我。

"我在售货亭旁看到了你，"我说，"还有你的同伙。那两个人把奥尔佳引开，你把这些东西塞进了挎包里。"

女孩耸起肩，说："就这些？现在你要叫警察吗？"

我摇摇头说："我压根儿就不会这样做。卡本特牌口香糖是我最爱吃的口香糖。你们把我最爱吃的口香糖给偷走了！我很生气！你懂了吧？"

女孩好一会儿没说话，只是咬指甲。然后

23

她突然问："我们分了它，怎么样？"她看着我的目光充满了期待。

这个问题惹怒了我！"分……分了它？"我只能说出这几个字。

"是的，分了它。"她回答说，"你得一半，

然后把这事忘了。"

忘了?！忘了是他们把卡本特牌口香糖给偷走的？这绝不可能！

"这些口香糖是奥尔佳的，"我坚定地说，"你一定要把它们送回去。快，我们走吧！"

但是女孩站着不动。她的脸色一下子全变了，嘴角抽搐（chù）着。"这我做不到。"她结结巴巴地说。

我们再一次面对面地沉默着。可以清楚地看出，她感到多么羞愧。最后，我说："那好吧，我把这些东西给奥尔佳送回去。"

她喜形于色地说："好啊，如果你把它们送回去……"

我打断了她的话，说："但是，我这样做有个条件：你马上告诉我，你为什么偷卡本特牌口香糖。奥尔佳那儿不是还有许多其他牌子的口香糖吗？"

她迟疑了一下。"卡本特牌同样是我最喜爱的牌子。"她小声说。

我紧紧抓住她的手臂。"好，那我们一起去奥尔佳那儿！"我命令道。

我拽着她走了几步。终于，她说话了："要是你一定想知道这件事，我就告诉你！有个人要我们为他偷这种口香糖，只偷卡本特牌，其他的都不要。为什么他要这种的，我也不知道。"

"这个人叫什么?" 我问道。

女孩站在那儿一言不发。

"说呀!" 我用威胁的语气叫道。

"他的真名我不知道。反正大家都叫他'蛇'。" 她嘟囔着说。

我的老天爷,这可是个意外! 迪特尔·施朗,人称 "蛇" [1],原来他是主谋!

我得回家了。我必须赶紧上床,好好想一想。如果施朗是主谋,那准是个难办的案子。

"把你的挎包给我。" 我对女孩说,"我把

---

[1] 这个男孩的名字 "施朗",和德语里的 "蛇" 发音接近。

这些口香糖给奥尔佳送回去。"

"你到底叫什么?"女孩问,"喂,你一定要记住把包还给我。"

"我叫克瓦特。我住在阿霍尔路 15 号,离售货亭不远。你叫什么名字呀?"

"科蕾特。"她答道。

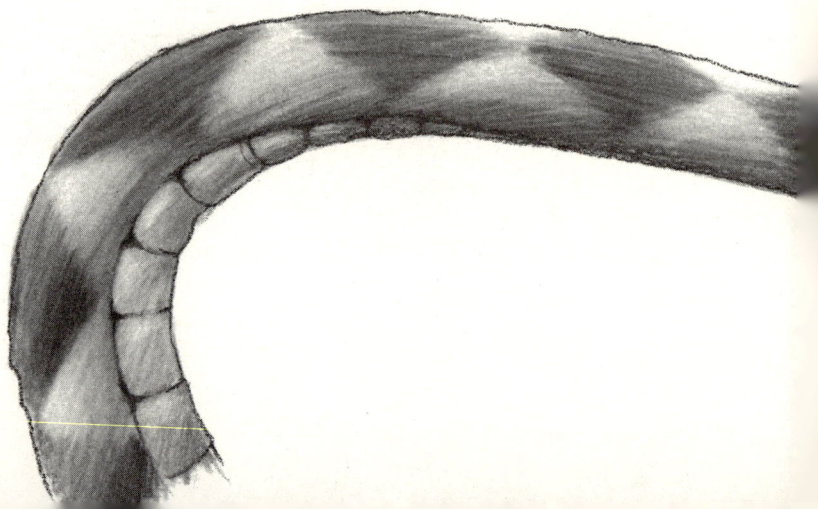

当我把被偷走的卡本特牌口香糖放到柜台上时，奥尔佳惊讶地连话都说不出了。显然，她根本就没察觉到这些口香糖丢了。

"你真是个天才，克瓦特!"她好不容易才说出这句话，紧接着，她又说道，"这些东西你是在哪儿找到的? 谁是小偷?"

"我以后告诉你。"我说，"现在我没时间

升奶

1升牛奶

我 ♥ 福尔摩斯

闲人勿碰!

流行音乐

了。快给我两小包口香糖。"她给了我卡本特牌口香糖，我把钱给她放下，转身就跑了。

"站住！"她在我身后大喊，"我们已经说好了，这是你的报酬！你不需要付钱！"

"收好钱，奥尔佳。"我朝她喊道，"等案子办完了再说吧！"

我只有躺在床上时才能认真地思考，而且只能在我自己的床上。

今天也是一样。我回到家，放上一张妈妈给我的滚石[①]旧唱片，一下子往嘴里塞了两片口香糖，然后就躺了下来。

起初，我头脑里的思绪像是在来来回回地翻跟头。但是，随着我嚼口香糖的时间越长，头脑就变得越平静。不一会儿，我的头脑就变得既冷静又清醒了，就像一个侦探在深思熟虑、反复思考时那样。

为什么施朗让人偷卡本特牌口香糖呢？为什么他让人只偷卡本特牌呢？这是最重要的问题。迪特尔·施朗显然对此自有一番

---

① 滚石：欧洲最富盛名的摇滚乐队之一。

非常精明的打算。可是我怎么也想不明白，他

到底有什么打算呢？那个科蕾特为什么会和他

一起干坏事呢？

　　这条"蛇"很狡猾，这我是早就知道的。

抓到他很不容易。半年前，我曾和他打过交

道。那时他在学校校园内卖高价卫生球，还声称那是"魔球"。一个买过他五个"魔球"的男孩把这事告诉了我。我花了很长时间才识破施朗的诡计。

当我要迪特尔·施朗停止这种欺骗行为时，他咧嘴笑着对我说："好的，克瓦特。但是我们会再见面的。打个赌吧？"

那件事情至今已经过了很久。他一定不知道，这次我又盯上他了。科蕾特不会向他泄露什么的，毕竟是她告诉我这桩案子的幕后主使是"蛇"。她应该不会对他提起遇到我的事情。

这时我才想起，竟然忘了向科蕾特问她家的地址。真是倒霉！唉，没办法，只好等她下次来找我时再做进一步的询问了。如果运气好的话，没准儿从她那儿能打听出此刻"蛇"的下落。

自从上一次遇见迪特尔·施朗，我就知道，施朗和他的那帮人经常在施拉荷附近活动。那儿有几间废弃的棚屋，施朗把其中一间作为他的藏身之所。所以，去那儿看看说不定会有些收获。

这时，妈妈起床了。我向她问候并道了别，然后乘有轨电车去施拉荷。（在追赶科蕾

停车站

H

施拉荷

特时我可跑够了，我才不想像大多数侦探那样早早地就得了扁平足。）

可是，当我到了那儿之后，等待我的却是失望：几间棚屋都是空的。我向几个施拉荷的工人打听了一下，结果是白费力气——他们已经有好几个星期没看见过"蛇"和他的那伙人了。

尽管了解到这些新情况，但我还是高兴不起来。

在回有轨电车车站的路上，我总有一种被人跟踪的感觉。但是，不管我怎么回头，也没有发现任何可疑之处。直到我坐在车里，这种感觉才慢慢消退。

在自来水厂站，一个戴着礼帽、提着公文包的男人上车后坐到我的旁边。他好不容易才用手指从西服口袋里掏出一小包口香糖。我一眼就认出那是卡本特牌口香糖。我对这个人马上就有了好感。

我从裤子口袋里掏出自己的口香糖。"这牌子很好，对吗？"我对那个男人说。

他友善地点点头，说："的确非常好，小家伙。"

"我不喜欢其他牌子的口香糖。"我说。

"真的吗？"男人说，"呵呵，直到两天前我才知道这个牌子。"

"是奥尔佳向您推荐这种口香糖的？"我想

知道。

那男人皱了皱眉头，说："谁是奥尔佳?"

"噢，就是奥尔佳呀。我想，她是这儿唯一卖卡本特牌口香糖的人。"我解释说。

那男人摇摇头，说："她不可能是唯一卖卡本特牌口香糖的人。我的口香

糖是从一个男孩那儿买的。"

我拽着那个男人的衣袖，说："从一个男孩那儿买的？他长什么样？在哪儿碰到他的？请告诉我，我一定得知道这件事！"

恰好就在这时车停了，那个男人要下车了。

"他在哪儿？"我在他的身后大喊。

那个男人竟然真的转过身来。"在儿童跳蚤市场！"他大喊道，接着有轨电车的门就关上了。

我闪电似的把这些信息联系在了一起：儿童跳蚤市场总是在每个月的第一个周末举办，围着教堂走，什么都能买到，从发出刺耳的嘎嘎声的鸭子到带摇控器的电动跑车。现在呢，显然那儿又有了卡本特牌口香糖。

原来偷口香糖可以卖钱！这事我到现在才知道。迪特尔·施朗让人偷卡本特牌口香糖是为了把它们卖掉，然后把钱装进自己的口袋！

这就是答案吗？会不会是奥尔佳和施朗之间发生了什么争吵，迪特尔·施朗想进行报复？我得再去售货亭一趟，好把这事弄个水落石出。

我到奥尔佳那儿时，她正在喝咖啡。她打开后门让我进去。

"你就坐在啤酒箱子上吧，"她对我说，"这儿没地方放第二把椅子。"

见我有些迟疑，她幸灾乐祸地说："要不你坐在我怀里？"

我当然宁愿坐在不舒服的啤酒箱子上。"你认识一个叫迪特尔·施朗的男孩吗？"我问。

"迪特尔·施朗？从来没听说过。"她答道。

"人们也叫他'蛇'。"我接着说道。

"不知道，克瓦特。这个男孩我不认识。"奥尔佳说，"你为什么想知道这个？"

"迪特尔·施朗让他的同伙偷卡本特牌口香糖。然后，他在儿童跳蚤市场上出售它们。"我解释说。

奥尔佳把咖啡杯子重重地往柜台上一放，深褐色的咖啡溅到了台面上。

"哎呀，克瓦特，那我立刻就把这个施

兰① 的父母叫来当面训斥一顿！"

"是施朗，不是施兰。"我纠正她说。

可是，奥尔佳不让人打断她。她接着说："不管是施兰，还是施朗——这真是无耻，是地道的无耻，简直是从来没有听说过的无耻！"

我把手放到她的手臂上。"冷静些！"我赶紧补充道，"我现在还不能证明一定是施朗偷了你的口香糖，现在还不能。"

奥尔佳叼上一支香烟，说："那下一步该怎么办呢？"

"明天我会继续盯着。"我说，"如果施朗再派人来偷卡本

---

① 施兰：在德语里是"荡妇"的意思。

特牌口香糖，我就会跟踪这个小偷。说不定他会把我带到施朗的藏身之地。"

奥尔佳抚摸着我的头，说："你是最棒的侦探，克瓦特，我相信你。"

"不要抽得太多了。"我说着站了起来，"你最好也来一块口香糖。"

"这是因为我确实有点儿过度紧张了。"她叹着气说，"我竟然成了侦探故事的主角，难道不是吗？"

在这天接下来的时间里，我都守在家里等科蕾特，可是她没有来。一直等到晚上，一整包卡本特牌口香糖都被我嚼完了，我才失望地上床睡觉。这回我睡得很香，一直到第二天早晨都没有做梦。

但是，当我醒来时，天开始下雨，大滴的雨点敲打到窗户上。令人讨厌的雨天！

我情绪不佳，穿上带防风帽的厚夹克，蹬上防雨的旅游鞋，动身朝奥尔佳的售货亭走去。不一会儿，裤子就湿湿地贴在了腿上。这样的天气连狗都不会出门，只有侦探才会，说不定小偷也会。

我在灌木丛后面站了四个小时，浑身又湿

又冷。我不得不放弃了，因为这时几乎没人光顾售货亭，甚至连小孩子也没有出现。

到家后，我首先得洗个热水澡。我躺进浴盆，闭上眼睛，什么也不想。在浴盆里躺着，

什么也不思索，这确实有助于预防感冒，消除坏情绪。总之，我感到好多了。

我刚把浑身擦干，门铃就响了。也许是邮递员……也许是科蕾特！想到这儿，我像火箭般迅速地穿上汗衫和裤子，冲过去按下开门键……不一会儿，果然是科蕾特走上了楼梯。

"你好！"我十分冷漠地问候她，尽管我心中暗喜，她终于来了。

"你好！"她高兴地说。然后，她很感兴趣地看了一下我的房间。

"你喜欢我的房间吗？"我问。啊，神探卡莱·布鲁姆奎斯特①，我确实不该提这样愚蠢的

---

① 卡莱·布鲁姆奎斯特：瑞典著名儿童文学女作家阿斯特丽德·林格伦的儿童侦探小说系列中的名侦探。

问题！

"还行吧，"她勉强地低声说，"我觉得有点儿太……"

"……太乱了。"我补充说。

"还好。"她说，"我那儿才是很乱。你这儿不是乱，而是东西太多了。这么多的东西都堆在了这个小房间里！"

"你认为东西太多了吗？"我吃惊地说。

"嗯。"她点点头。

说到这儿，我们似乎已无话可说，只能默默地站在房间里，看着墙上的一个个小坑。

"我的挎包呢?"终于,科蕾特开口问了。

我从柔软的沙发椅后抓起挎包递给她。她道完谢,马上向门口走去。

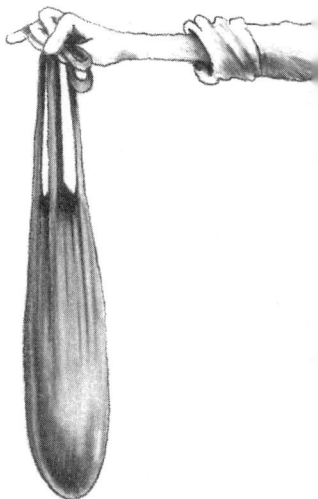

"等一会儿!"我喊道,"别这么急着走!你知道我能在哪儿找到'蛇'吗?"

"不知道。"她简短地回答。

但是,我不会就这样轻易地放过她。"你欠我一些东西。"我说。

她装作很吃惊的样子,问:"我欠你什么?"

我点点头,说:"我本来可以到奥尔佳那儿去告发你……"

"要是那样，"她说，"我可以向你透露我们得把卡本特牌口香糖交到哪儿去。可你得向我保证，'蛇'永远也不会知道是我把这件事告诉你的，行吗？"

我做了保证，随后我得知科蕾特和她的两个帮手会把到手的口香糖带到南公墓，然后放进一个事先约定好的长凳后的垃圾桶里，之后他们就走开。

"就这些。"科蕾特说。说完她又向房门走去。但是，我还有两个问题："说说看，你为什么会跟他们一起干这样的坏事？你住在哪儿？"

科蕾特笑着说："这两件事和你无关，克

瓦特。"说完她就离开了。

可是，现在我得马上去南公墓！南公墓位于城市的另一个区。我到那儿要好一会儿。

中午时分，只有几个工作人员在公墓里。他们在维护墓地，打扫石子路，偶尔把凋谢的花扔到垃圾桶里去。科蕾特曾经告诉过我怎样可以找到那个长凳子。她说：

……在考夫曼家族墓
地处右转……

……在食
指断掉的
天使雕像处
左转……

"在战争纪念碑处
右转……

起点

……背后是一片杂草丛生的墓地……

……向前，朝烈士墓地走去……

……那儿有一个蓝色的长凳和一个绿色的长凳……

……那个绿色的长凳便是！"

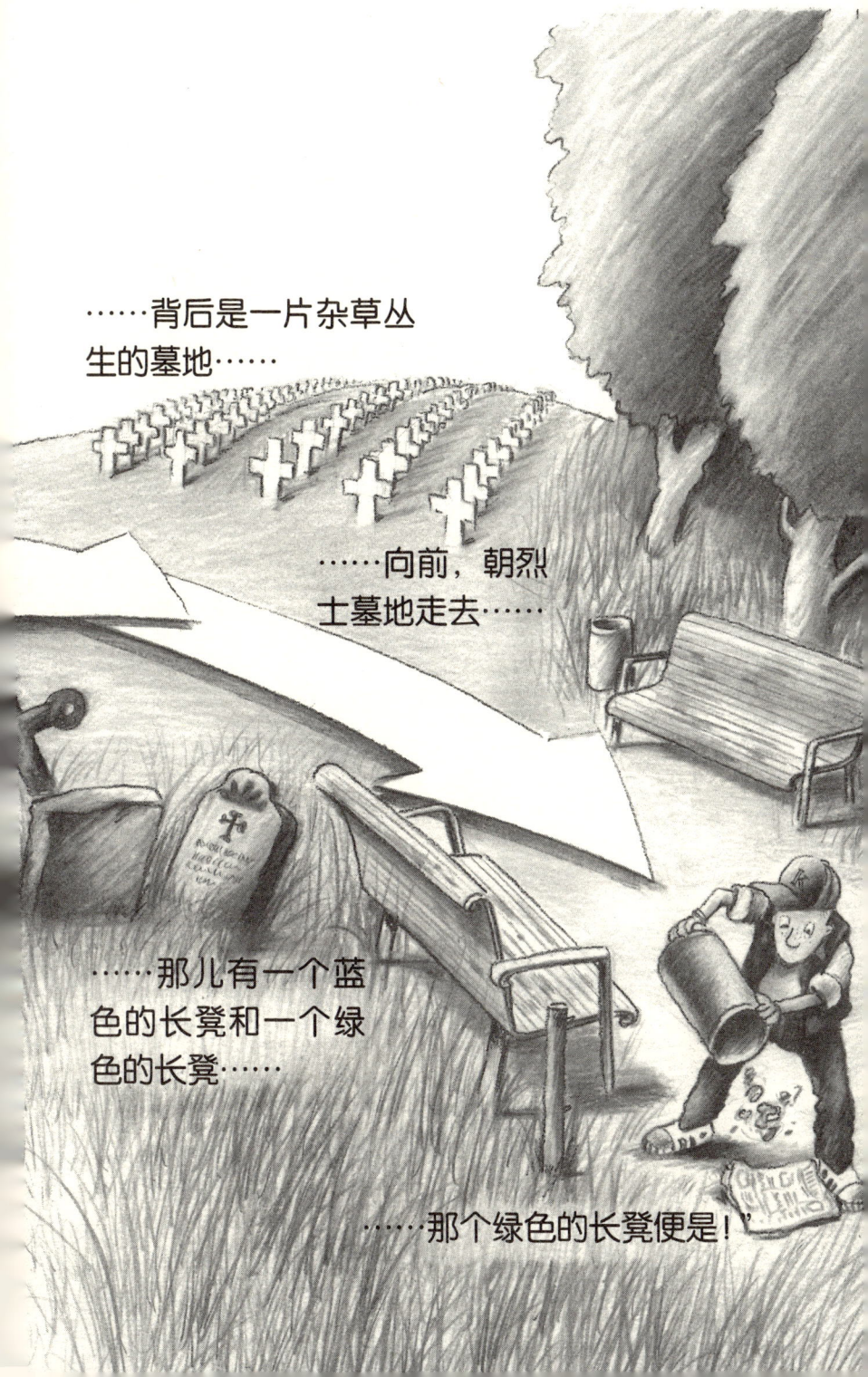

我一共找了三次才找到那个长凳子。第一次，我没有看到断了手指的天使雕像。第二次，我在烈士墓地那儿搞错了方向。第三次，我才终于找到了那个长凳子！那是一个绿色的旧木制长凳，已经有些褪色了。头顶上树叶沙沙作响，脚底下草丛中的蟋蟀发出啾啾声。其实，我并不知道我在这儿能找到什么。但是，一个侦探总得做点工作，这个工作就叫作：找，找，再找。

于是，我赶快把垃圾桶从底座上抱下来，把里边的东西都倒在地上。东西不是很多——几张无轨电车车票、一份揉搓成团的报纸、一截金属丝、一块腐烂的洋葱头和一个空香烟盒……这些东西对我一点儿用也没有。

我把垃圾桶放回去，又把垃圾放了进去。可是，当我把揉皱了的报纸展开时，我惊呆了。我发现在一张坦克图片的旁边有人写了些什么。第一个字只能认出一部分"匕"。后面两个字毫无疑问是"工厂"。

这会是找到"蛇"的线索吗？也许是，也许不是。每个来公墓的人都有可能在随身带

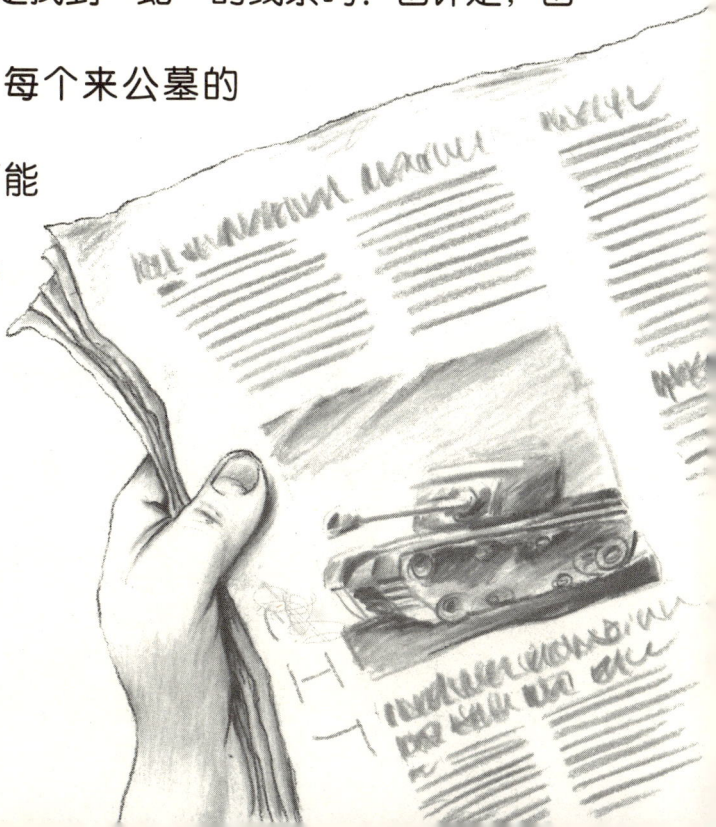

来的报纸上划拉下这几个字。尽管如此，我还是把这一页从报纸上撕了下来，塞进了裤子口袋里。

"匕……工厂，到底是什么意思呢?"我边想边嘀咕着朝出口走去。死工厂? 北工厂? 此工厂? 匙（chí）工厂? 天知道城里到底有多少工厂!

我疲倦地往家赶。一路上，我都在冥思苦想那个残缺的"匕"字。可是，我只想起了一些怪怪的名字，比如匙工厂或是死工厂。

我床上有一张妈妈留给我的字条。也许你会感到奇怪，我从未提起过我的爸爸——他几年前离开了我们，自那以后，妈妈当上了护士。她要是上早班或晚班就常给我写字条。有时我也给她写。

我的小侦探：

　　你好！

　　你现在怎么样？你看起来好像很忙，是个很麻烦的案子吗？我预祝你成功！但是千万要小心，知道了吗？果酱油煎饼在冰箱里，你在旧平底锅里热热就行了。我上晚班，恐怕你睡觉以后我才能回来。

　　我爱你！

妈妈

就在我读字条时，肚子已经开始咕噜咕噜叫了。果酱油煎饼！妈妈果然非常清楚我喜欢吃什么。

我从橱柜里取出旧平底锅，把它放在炉子上，再把黄油搁里边。当黄油发出嗞嗞声时，我把几张果酱油煎饼放了进去。

就在这一瞬间，我的脑子里咔嚓了一声。我目不转睛地看着旧平底锅。旧平底锅，旧……这使我想起来了什么。旧……当然，就是它——老工厂！

"老工厂！"我兴高采烈、连蹦带跳地穿过厨房，从裤子口袋里掏出

那张报纸，用妈妈的铅笔添上那个残缺的字。

它们正好是：

老工厂

我要是早点想到就好了！城里还真有座老工厂。

它就在我的学校附近，几年来已经没人在那儿工作了。长久以来，那里的厂房所有玻璃窗都破碎了，屋顶还漏着雨。妈妈不愿意我去那儿，她认为太危险了。

这些想法一直在我的大脑里转来转去：报纸上的字和"蛇"有关吗？也许是他自己写上去的？为什么不是呢——这个地方作为"蛇"的藏身之地再合适不过了。看来我会在这个老工厂里找到破案的突破口吧！

我强迫自己冷静下来，把两块果酱油煎饼平静地吃了下去。有可能我今天在那儿的时间会很长，因此，我需要力气。

两块果酱油煎饼下肚，我觉得自己像熊一样强壮了。

老工厂离我家很近。我到那儿时，一个空可乐罐正好被风刮过工厂前的广场，远处低矮的厂房立在一些浅水坑里。

我想先进大库房看个究竟。但是，那里的入口处被结结实实地堵上了。因此，我从早已没有玻璃的窗户翻进去，毫不费力地就爬进了里边。

我仔细搜查了一圈，但是并没有像自己所希望的那样，找到被偷走的卡本特牌口香糖，甚至连有关"蛇"的一丝丝踪迹也没有发现。这儿肯定很久没人进来了，尘土足有一厘米厚。

在去其他厂房的路上，我看见一块搓成球的纸团躺在泥泞中。我把它捡起来抚平……哈，这千真万确是一张卡本特牌口香糖的包装纸！这意味着"蛇"曾到过这里，我的直觉没有错。这时，我那想继续追查下去的心更坚定了。紧接着，五十米开外的地上，在通往最大厂房的大门前，我又看到了另一张包装纸。我把它塞进裤子口袋里，然后按下门把手，用力地推已经生锈的大门。大门发出尖锐刺耳的声音，不一会儿就打开了。

这里比库房亮多了，地上满是碎玻璃碴和石头，每一步踩上去都会发出很响

的咔咔声。我马上开始搜寻起来，但没有什么进展，直到我在一个没有窗户的小房间的角落里发现了一个封着的纸箱。我跑过去，打开它——纸箱里满满地装着我爱吃的卡本特牌口香糖！我一口气翻了二十七个跟头，高兴地使劲拍打自己的肩。毫无疑问，我是夏洛克·福尔摩斯①和卡莱·布鲁姆奎斯特的得意门生。

可就在这时，我身后的门发出砰的一声巨响，关上了。接着，一个听起来有些耳熟的声音说道："你好啊，克瓦特！我正等着你呢！"

我转过身来。门口站着迪特尔·施朗，人称"蛇"。他不是独自一人，身旁还站着四个男孩。

---

① 夏洛克·福尔摩斯：英国作家柯南·道尔所著的侦探小说《福尔摩斯探案集》中的主人公。

我环顾了一下四周：除了大门之外，没有别的出口。我落入了圈套。

迪特尔·施朗晃晃悠悠地向我走过来。"尝尝吧！"他说着并指向那个纸箱，"这里有足够的口香糖。如果我没搞错的话，这是你最喜爱的牌子。"我还没来得及回答，他又说道，"你

有什么高见？我是不是很轻易地就把你引诱到这儿来了？"

"是你……你把我引诱到这儿来的？"我不知所措地问。

"当然，你这个笨蛋！"他喊道，"现在你还不明白？只须断了你的卡本特牌口香糖，你的头脑就不清醒了。售货亭那儿的行动，公墓那儿的垃圾桶和报纸，工厂地上的口香糖包装纸……这一切都是我一手策划的。干得还不错吧，是不是？"

"可是，既然你偷口香糖只是为了引诱我上当，那干吗还把它们拿到跳蚤市场上去卖？"我问。

迪特尔·施朗拍拍手。"好，克瓦特！"他嘲讽道，"至少这点被你查出来了。那只不过是顺便做的一笔小生意。"

真该死，我的每一步竟然都是由他导演的！难道我就这么笨，他就那么聪明吗？

"你为什么要策划这一切？"我想知道。

他笑得更开心了。"第一，这使我很快乐。"他说，"第二，半年前我就向你保证，我们会再见面的。你还记得吗，那时你坏了我的好事，我是忘不了的。"

接着，他拿出一根又粗又长的雪茄烟，对我说："抽了它！这样，你今后就再也没有兴趣干涉我的事了。"

"我要是不抽呢?"我问。

他指着他的同伙,说:"那就揍你!"

抽支雪茄?这显然比挨打强,可是,我无论如何也不愿意。终于,我的大脑又开始快速运转了。

"你听着,我有一个主意。"我说。

"你有一个主意?"施朗讥讽地问。

"是的。咱们来一次真正的比赛怎么样?"

施朗笑道:"你在这儿落入我的圈套,还想跟我比赛?真是妙极了。你想比什么?"

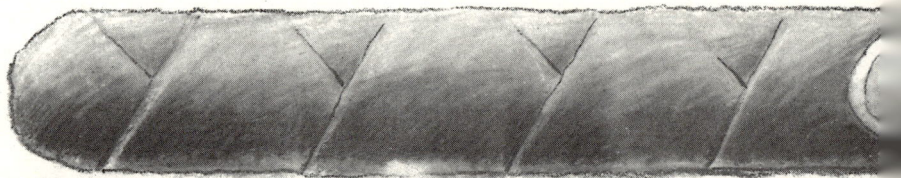

是啊，我应该比什么？我的大脑不断地想出一个又一个的主意，可是没有一个是能用的。我烦躁地把手插进裤子口袋里……

我真的很幸运，因为我的手触到了刚才拾起的口香糖包装纸。于是主意来了。

"我们比比看，看我们两个谁能把自己的口香糖吹成最大的泡泡。"我建议道。

施朗的脸都变形了。"我可不干。这是你的拿手好戏！"他说。

"你嚼两块，我嚼一块。"我说。

施朗摇摇头。

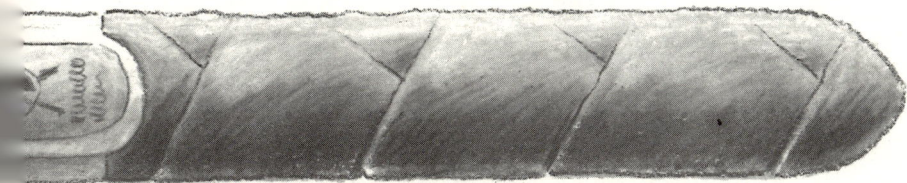

"那好吧，"我继续让步，"你嚼三块。同意吗？"

"三块？"施朗流露出比赛肯定能胜的表情，转向他的同伙，说，"那就来吧！但是得用我的口香糖。"

我点点头。除此之外，我还有什么别的办法呢？

"要是我赢了，"施朗说，"你就得抽雪茄，在这儿，马上，而且要抽得干干净净。"

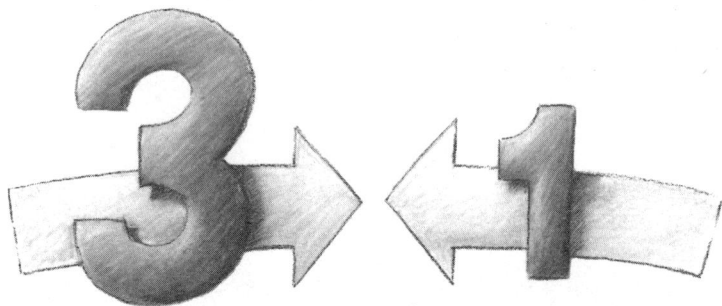

"要是我赢了，"我说，"你就得喝一瓶玛吉牌烹饪酒，就在这儿，马上，而且要喝得干干净净。"

迪特尔·施朗打发他的一个同伙去附近超市买了一瓶玛吉牌烹饪酒。然后，他从裤子口袋里掏出一包哈默特牌口香糖，递给我一块，自己往嘴里塞了三块。哈默特牌——偏偏在这个时候它又给我添堵，这是世界上最难吃的口香糖！

一瓶玛吉牌烹饪酒刚买回来，施朗就发出了开始的信号："一、二、三——开始！"

于是，我们起劲地吹了起来。

我要用少得可怜的一块口香糖赢三块，这似乎是不可能的。但是，至少我还有一点点机会。

我小心地用舌头使自己的哈默特牌口香糖鼓起来，把它舔得像纸一样薄，然后把它送到嘴唇边，把嘴张开一条缝隙，开始慢慢地吹。口香糖渐渐形成了一个泡。可是，施朗的那个泡泡已经有我的两个大了。他的同伙在大声地给他加油。

我鼓足了劲地吹。我的泡泡变得越来越大。就在这时，令人不可思议的事发生了：施朗的泡泡不再变大，他已经没力气吹了！我的泡泡吹到篮球那么大时爆炸了，几乎就在同

76

时，施朗的泡泡也爆了。

我赢了！而且是用哈默特牌赢的！我撕掉脸颊和鼻子上的口香糖薄膜，把它们揉成一个球扔掉了。

"祝贺你，克瓦特！""蛇"嘟嘟囔囔地说，"你应该带着这个节目去马戏团表演。"这时我满意地把自己的一块卡本特牌口香糖塞到了嘴里。

我什么也没有说，只是拎起那瓶玛吉牌烹饪酒，递给迪特尔·施朗。他不情愿地把它放到唇边，开始喝了……他的脸变成了鬼脸。他

长长地喘口气，颤抖着……

"喝啊，'蛇'，"我说，"加把油！"

他感到十分无奈，只好继续喝。

瓶子终于空了。他抹抹嘴，说："给我滚，克瓦特！"

"这次比赛太棒了。"我说，"我要带回你偷的卡本特牌口香糖。"

施朗无奈地耸耸肩。

可是还没完呢。我说："你在跳蚤市场上挣的钱呢?"

"你说什么呀!"施朗喊道。

"如果我把这一切都告诉奥尔佳,"我平心静气地说,"她也许会去通知警察。"

施朗愤怒地把一张十元的钞票塞在我手里,说:"拿去吧! 你是一个……"

我是一个什么,这我就不知道了。因为施

朗霍地用一只手堵住嘴，另一只手捂住肚子，一溜烟儿地跑了出去。他的同伙也跟着他跑了。显然，玛吉酒发生了效力。

我把纸盒夹在腋下，离开了老工厂。这时太阳出来了。我感到又疲倦又骄傲。施朗和他的同伙不见了。

可是，在工厂的大门前，还有一个意外在等着我。科蕾特站在那儿——就是这个科蕾特小姑娘让我陷入了圈套。

她不敢相信地盯着我，然后又盯着纸

箱。"他们……他们是自愿地把这些口香糖交给你的吗?"她问道。

"不全是,"我答道,"但几乎是。"

这时,她死死地看着我的眼睛,说:"我不会再跟他们一起干了。"

"真的?"

"'蛇'的这个团伙和其他的坏团伙没什么两样。一开始我只不过想知道,一个女孩可以干什么。"她低下了头,"可是,到了后来,我不得不继续干,为了证明我的胆量。你不会相信的。"她的声音很微弱。

我沉默不语。

"如果我说我相信你,你会感到奇怪吗?"

我突然开口道。

她站在我的面前，耷拉着脑袋。她这副模样突然使我感到很伤心。

于是，我问她："你喜欢喝牛奶吗？"

"牛奶？"她反问道。这声音听起来并非欢欣鼓舞。

"我请你喝牛奶。"我说，"我们去奥尔佳那儿吧。"

科蕾特有些犹豫，说："她不知道是我偷了她的口香糖吧？"

我摇摇头，说："就算她知道这事，她也不是那种记仇的人。"

"哦，克瓦特！"

"嗯?"

"奥尔佳那儿也有汽水吧?"

"当然有!" 我答道。

"走吧!" 科蕾特边喊边跑,我们一起消失在下一个街区。

这就是口香糖阴谋的故事。奥尔佳真的没有再对偷口香糖这件事生气。那么迪特尔·施

朗呢？很长时间，我没有再听到有关他的消息。看来玛吉酒这东西确实把他给治好了，使他不敢再干坏事。如果他不改的话，我是饶不了他的。不过，话说回来，要是没有"蛇"这样的人，还要私家侦探干什么呢？

克瓦特探案集

失踪的滑轮鞋

陈兆 译

我叫克瓦特，是一个私家侦探。恰逢没有什么疑难案件需要侦破时，我最喜欢躺在床上，嚼着那无与伦比的卡本特牌口香糖，听着音乐。而且，我每天都要喝两瓶全脂鲜奶，这对我的脑细胞有好处。

另外，最近我越来越喜欢吃比萨饼。老实

说，我几乎要为它着迷了！而且，比萨饼和我

最近的一个案子也有关系。

复活节前不久，有一天晚上，妈妈对我

说："从今天开始，没有比萨饼吃了。"

她说这话的时候非常平静，但是语调里有

一种不容争辩的气势。我的每一句话似乎都成了多余。

尽管如此，我还是不甘心。"是不是因为最近我没有打扫房间？"我小心翼翼地问。

"你以前打扫过吗？"她反问道。

"还是我打碎了什么东西？"她沉默，不回答我。

"难道是我把你的生日忘了？"我继续刨根问底。

她开口了："功课，我的宝贝，是功课。"

哦，原来如此！很有可能是我的老师在上

次的家长会上又夸大其词说了些什么。她尽干这种事。老师们总喜欢夸张。

我承认，功课上我是有些退步。但是，这很奇怪吗？破案总是需要时间的。想想那个口香糖阴谋花了我多长时间……

"我不会留级的。"我对妈妈说。但是她很坚决："如果你觉得抓小偷比功课更重要，那么就别想有比萨饼吃。好好想想，看看值不值得这么做。"

我考虑了两天，嚼掉了三包卡本特牌口香糖，喝了很多牛奶，以至于我几乎要开始像奶牛那样嗷嗷叫了。最终，我决定妥协一步。

"从今天开始我会努力学习。"我兴高采烈

地对妈妈宣布。

"你的那些侦探工作呢？"她颇为怀疑地

问我。

"到此为止了。"我向她保证。

妈妈在我的鼻尖上亲了一下，马上转身打

电话给萨尔瓦多比萨饼店："你好，这里是克瓦特家。请给我们送两份比萨饼，一份多放些俄勒（lè）冈香草 ①，另一份是拿波里比萨饼 ②。就像往常一样。什么？对，对，不放蒜。谢谢……再见！"

我听得口水都流出来了。萨尔瓦多比萨饼店有着全城最好吃的比萨饼，而且，在我们这个城市里，他送比萨饼的速度最快。他的外卖员是唯一穿着滑轮鞋来送餐的。所以在短距离

---

① 俄勒冈香草：做比萨饼常用的香料。
② 拿波里比萨饼：是意式比萨的代表，以马苏里拉水牛芝士和番茄酱为主要酱料。

送餐中，他们比那些开着车送餐的要快很多。我很清楚：如果不发生意外，几分钟后我们的桌子上就会放上热腾腾的、松脆无比的比萨饼。

但是，半个小时过去了，还没有人送比萨饼来。我感到非常吃惊。我正在想这到底是怎么回事时，门铃响了。是弗里茨，他负责我们这个区的外卖送货，我们这里一般都是他来送比萨饼的。没有一句道歉的话，他冲了进来，走过我身边，进了厨房，还把一把椅子给撞倒了。他身上穿着的那件鲜红色

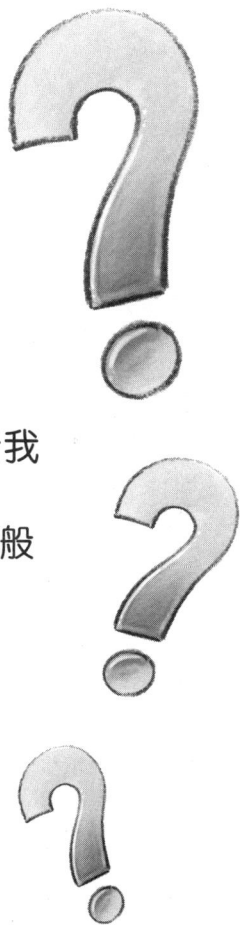

的 T 恤（上面印着"萨尔瓦多比萨饼店"字样）已经完全湿透了，他那蓝色的额头饰带也因为汗水滑了下来。

一句话：弗里茨看上去精疲力竭。

"发生什么事了?" 我问道，"你被人打了?"

弗里茨没说话，只是用了个极其疲惫的手势指指放在桌上的两个盒子，说："比萨饼都冷了。你们把它当作飞碟来用得了。"接着，他又握紧了拳头咕哝着，"要是让我抓住他，我要把他……我要把他做成……"他一时不知道该说些什么了。

"意大利面条?" 我提示他。

"对!" 他叫了出来，"我要把这该死的家伙做成意大利面条!"

"你在说谁呢?" 我疑惑不解。

"我在说谁?!"弗里茨愤怒地喊道,"说那个可恶的小偷,他偷了我的滑轮鞋,那双鞋才买了一个星期!"

他深呼吸了几次,开始给我们讲事情的原委:"我今天要给三户人家送比萨饼。第一家一切都很顺利。第二家叫我把比萨饼送到三楼去。我当然得把滑轮鞋放在门口,因为我不可能穿着它摇摇摆摆地走上60级台阶。没有人会这么干的。"

"对。没有人会这么干的。"我妈妈十分同情地同意他的说法。她给他倒了杯水。弗里茨一饮而尽。"不管怎样,我得把比萨饼送到客人手中。"他继续道,"我收了钱,下了楼梯,推开大门……你们知道发生了什么事吗，嗯？"

"你那双好看的新滑轮鞋不见了。"

"正是，克瓦特。"弗里茨说。

"有人偷了它，抢走了它，混蛋！"

他抬起他的脚："所以，我现在只能穿着袜子回萨尔瓦多去了。"

妈妈给弗里茨加了水，说："你应该去警察局。"

去警察局？哦，不！这里需要个侦探，而且我也很清楚这个侦探是谁。"我来接这个案子。"我自告奋勇。

"哦，不，我的宝贝，"妈妈马上表示反对，她盯着我的目光很尖锐，"你不想去做的。"

弗里茨惊讶地看看妈妈："为什么不呢，克瓦特太太？大家都在说，您儿子可是个很棒的侦探。"

哦，天呐，这种表扬会让我受不了的，就像我无法抵抗涂了奶油的樱桃一样！"你听到了什么？"我装出随便问问的样子。

"我认识一个小姑娘，"弗里茨诡秘地笑

笑，"她叫科蕾特。"

弗里茨认识科蕾特？居然有这种事？在口香糖阴谋中，她可扮演了一个举足轻重的角色。自那以后我就再也没有见过她了……

但是妈妈显然对我和弗里茨都认识的这个人并不感兴趣。"功课第一。"她坚决地说。

"就这一次，"我哀求她，"我总不能对弗里茨置之不理。如果您同意，我可以从今天开始每天打扫我自己的房间。"

妈妈笑了。我知道，我赢了。于是，我马上开始了我的工作。

"弗里茨，我们开始行动吧！你的滑轮鞋是什么样的？它具体是在什么地方不见的？"

通缉盗窃犯

五分钟后，我了解了所有我应该知道的情况。弗里茨只想要回他的滑轮鞋，一点也不关心谁是小偷。"嗯，一定是那些小孩干的好事。"他说。虽然这一点让我觉得有点遗憾，但能接手这个案件就已经很让我高兴了，所以我对这一切都相当满意。

弗里茨和我达成协议，他得给我五包卡本特牌口香糖作为我破案的酬劳。妈妈觉得这有点多。我不这样认为。

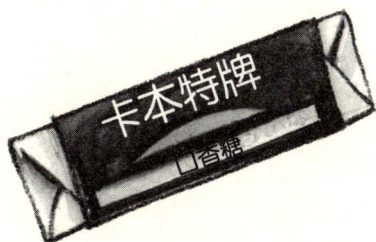

第二天放学后我去找奥尔佳。她开了个小售货亭，我经常光顾她那里。因为它就在我家门口的拐角处，而且，那里可以买到我最爱吃的口香糖，卡本特牌口香糖。

奥尔佳觉得我很有魅力，但这种恭维会让我起鸡皮疙瘩。除此之外，她真的是非常热情善良。

"你好，我的小甜心，"她同我打招呼，"来点什么补充营养?"

"奥尔佳，给我五包。"

"又是个新的案子?"她很好奇，"你一下子买这么多口香糖，肯定又有一个新案子在等着你了。"

"是啊。"我说。

"难道你不想告诉我到底发生了什么事?"奥尔佳说，"我不会告诉别人的。"

"哈哈。"我笑了。如果让她知道了，不一会儿，半个城市也就都知道了。但是，奥尔佳很执着，一点都没有要放弃的意思。"我保证!"

她发誓。那好吧，说不定她还能帮我点什么忙呢。"注意绿色的滑轮鞋。"我说。

"什么？"

"注意一双绿色的滑轮鞋。"我重复了一遍，"告诉我穿这鞋的人长什么样。"

奥尔佳耸了耸肩："尽管我不知道又发生了什么事，但是，克瓦特，为了你，我连小绿火星人都不会放过的！"

回到家，我从地下室取出滑板，立刻就开始了寻找失踪的滑轮鞋的行动。

我是这样计划的：先去旱冰场看看有没有人穿着那双偷来的滑轮鞋在溜冰。如果在那里一无所获，下一个目标就是教堂前的广场。那里总有很多孩子在玩耍。

在去旱冰场的路上，我路过一幢高楼。前一个晚上，弗里茨就是在那里被人偷了他的滑轮鞋。我当然知道在这里我肯定找不到那双鞋，但是为了不错过任何的可能性，我还是去了几个地下室的入口处张望了两下，看了看已经荒废了的儿童游乐区，把头探进榛子林里

寻找了一番。接着，我看到了让我吃惊的一幕：滑轮鞋就在那儿！我惊讶得几乎要跌坐到地上。就是那双草绿色的滑轮鞋，轮子是黑色的。

和弗里茨向我描述的一模一样。嘿，这么快就破案了？

你们知道吗，这种胜利的感觉来得太快

了，我高兴极了。依我的个性，我还想把小偷给抓住呢！但是弗里茨只想要回他的滑轮鞋，所以我就以最快的速度飞驶到萨尔瓦多比萨饼店。我想，科蕾特说得可真没错：克瓦特是最棒的。

弗里茨也很兴奋。他马上带我去见他的老板，萨尔瓦多。这家比萨饼店就是以他的名字命名的。

"如果你哪天需要一个好侦探，找克瓦特就对了。他是最优秀的！"弗里茨说着，把滑轮鞋啪的一声重重地甩在柜台上，"不到一天

的时间，他就把滑轮鞋找到了。"

　　萨尔瓦多带着责备的表情要弗里茨把滑轮鞋从柜台拿到地上去，随后用一块湿布把柜台重新擦干净。在他的头上悬挂着一幅广告，上面写着："萨尔瓦多，全城最快的比萨饼店！"

这行字下面画的是几双飞速行驶过人行道的滑轮鞋。

"你得小心照看你的滑轮鞋，别再让它丢了。"萨尔瓦多对弗里茨说。

"小心照看它？"弗里茨不高兴了，"你说得倒轻巧，萨尔瓦多。你总站在炉子边，你怎么会知道我们这些送外卖的都怎么过的……"等他平静下来，他又补充道，"开汽车要方便多了。"

"可能吧。"萨尔瓦多边说边开始捏新面团，"但滑轮鞋更快啊，伙计！而且它们还不臭！"

第二天中午，如约定的那样，弗里茨给我买了五包口香糖送过来。对我来说，这个案件就算结束了。

　　整个下午我都在打扫自己的房

间 —— 君 子 一 言，

驷马难追——我发

现了一只死青蛙和一

把吉他。我已经有好

几年没找到这把吉他

了。另外，我还破天荒地做完了

所有的家庭作业。妈妈从医院下班回到家后，

对我非常满意。

　　但是晚上，又有一个意外在等着我。新闻

播完后，门铃响了。弗里茨站在门口。

　　"它不见了。"他唉声叹气。

"谁不见了?"我茫茫然,"比萨饼吗?"

"混蛋!"弗里茨叫道,"我的滑轮鞋不见了!"

真的——就像上次那样,他穿着袜子站在那里。

还没等我问清细节,妈妈打断了我:"弗里茨,请进来。我们刚想吃晚饭。你也一起来吧。"

我们一边吃着涂了黄油或果酱的面包、鲱

鱼色拉，一边听弗里茨讲他是怎么弄丢了鞋子的。

这次，他的滑轮鞋是在超市门口被偷的。弗里茨只想买点水果——谁知道滑轮鞋就不见了。但是这次，他看见了小偷！两个男孩手上拿着滑轮鞋，跑了。弗里茨说，他们是朝着旱冰场的方向逃跑的。他穿着袜子还追了一阵，但两个小孩很快就甩下他，不见了。

当弗里茨赶到旱冰场时，那里正好关门。在最后一拨客人中，他没有发现有人带着绿色滑轮鞋。

我装出楚楚可怜的样子看着妈妈："行吗，妈妈？"

她转向弗里茨："你知道吗，我儿子其实没有时间来管这件事。"她叹了口气，又说，"好吧，我同意，但这是最后一次。"

我狠狠地亲了妈妈一下以表感谢。

"如果我抓住了小偷，你打算怎么处置他

们?"我问弗里茨。

"我只想要回我的滑轮鞋。"他回答道，

"那几个小孩我不感兴趣。"

我惊讶地挑起了眉毛。

"行。"我随后说，"你来决定这个游戏规

则。和上次一样，五包口香糖。"

弗里茨叹气道："克瓦特，你要让我破产了。"

当天晚上，妈妈开车送弗里茨回萨尔瓦多店。我跟着一起去了。我们不想让可怜的弗里茨穿着袜子走上一公里回家。

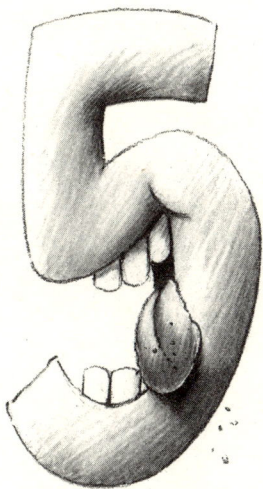

119

今天是星期六，我不用去上学。这样正好，因为昨天夜里我很晚才入睡。和弗里茨的谈话总在我脑海里翻腾。

老实说，我真有点搞不懂他。为什么不让我去抓住小偷？他为什么一点都不想知道那两个男孩到底是谁？有没有可能他们几次三番捉弄他，就是想惹恼他？难道他们准备不断地偷他的滑轮鞋，直到他再也没有兴趣送比萨饼？

第二天早上我拿着面包到厨房去涂黄油时，这些问题又重新回到我的脑海中。我的脑袋嗡嗡作响。我喝了两杯牛奶，仍然不能平静下来。我需要运动一下，这可能是最好的办法。当然，我去了旱冰场。

明知希望不大，我还是去旱冰场售票房问了问。这是我在路上想好的谎言："昨天我叔叔在这里忘了他的滑轮鞋。他让我来取回。"

"滑轮鞋是什么样的？"售票房的一个男人问我。

"草绿色的，轮子是黑色的。"我说。

那个人在里间找了一番。他好像找到了什么。

"是这双吗？"他拿出一双滑轮鞋问。

毫无疑问，这就是弗里茨的鞋子！

"是它！"我喊道，伸出双手到售票房的窗口去接。

但是这个售票员犹豫了一下。

"别着急，小朋友。"他说，"这样的话每个人都能来问我们要鞋了。你得告诉我这鞋子是多大的尺码，我才能把它给你。"

多大？

糟糕，我在榛子林里找到它时可一点也没注意它的尺码。

我耸耸肩。"不知道。"我咕哝着。

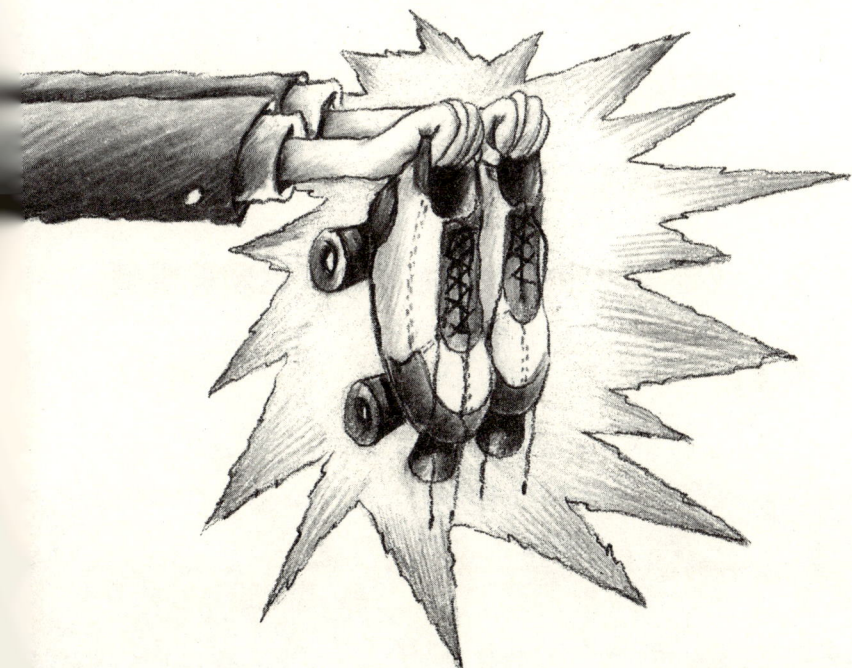

那个人把滑轮鞋又放回了地上。"这样我就不能把它给你了。最简单的是，你让你叔叔自己过来拿。"

"行。"我说。不然，我又能怎样呢？另外，弗里茨难道不应该亲自来取回他那昂贵的滑轮鞋吗？

在去萨尔瓦多比萨饼店的路上，我坐在小墙垛上晒了会儿太阳。

我知道弗里茨中午才开始上班。所以我还有足够的时间。

我塞了片口香糖到嘴里，开始想些事情。渐渐地，思路就清晰起来。

不管怎样，有一点是可以肯定的，弗里茨

本来可以今天自己去旱冰场问，他本来不需要

我帮忙。可他为什么没去呢？这究竟是怎么回

事？我决定马上去找他问个究竟。

但是我得先去看看奥尔佳。我想喝柠檬汽水，当然，我也想和她聊聊天。虽然如我所料，奥尔佳几乎不能保守什么秘密，但是她经常会有些好主意。

我告诉了她事情的经过后，她说："哦，你说要我注意绿色的滑轮鞋，原来是这么回事。"她在柜台上递给我一瓶柠檬汽水。突然，她问我："这个弗里茨是个什么样的人？

"他挺老实的。"我说，"为什么这么问？"

弗里茨？

126

奥尔佳半信半疑地看着我："如果他一点也不想知道是谁偷了他的东西，那他就肯定有问题。明白吗，克瓦特？"

我想听的也就是这句话。我一口气喝完柠檬汽水，道了谢，马上跑去萨尔瓦多店。

"呐，我的滑轮鞋怎么样了？"我在比萨饼店门口碰到弗里茨，他同我打招呼。

"你可以到旱冰场去取了，"我酷酷地说，"售票员不愿给我。因为我不知道尺码大小。但那肯定是你的鞋。那个人给我看了。"

弗里茨赞许地拍拍我的肩："谢谢你，克瓦特。非常感谢！我知道你是信得过的。今天晚上我就给你送卡本特牌口香糖来。"说完，他就转过了身。

"等等。"我叫住他。

"什么事？"

我深吸了口气。"今天你为什么不自己到旱冰场去问问？"我问他。

弗里茨轻轻敲了敲我的额头："问得好，克瓦特。答案很简单：星期六是我睡懒觉的日子！不用起床对我来说胜过五包口香糖。懂了吗？"

不，我不懂。他的回答对我来说太……太

简单了。当然，我不会轻易放弃的。

"我还是不明白。"我说，"你为什么不希

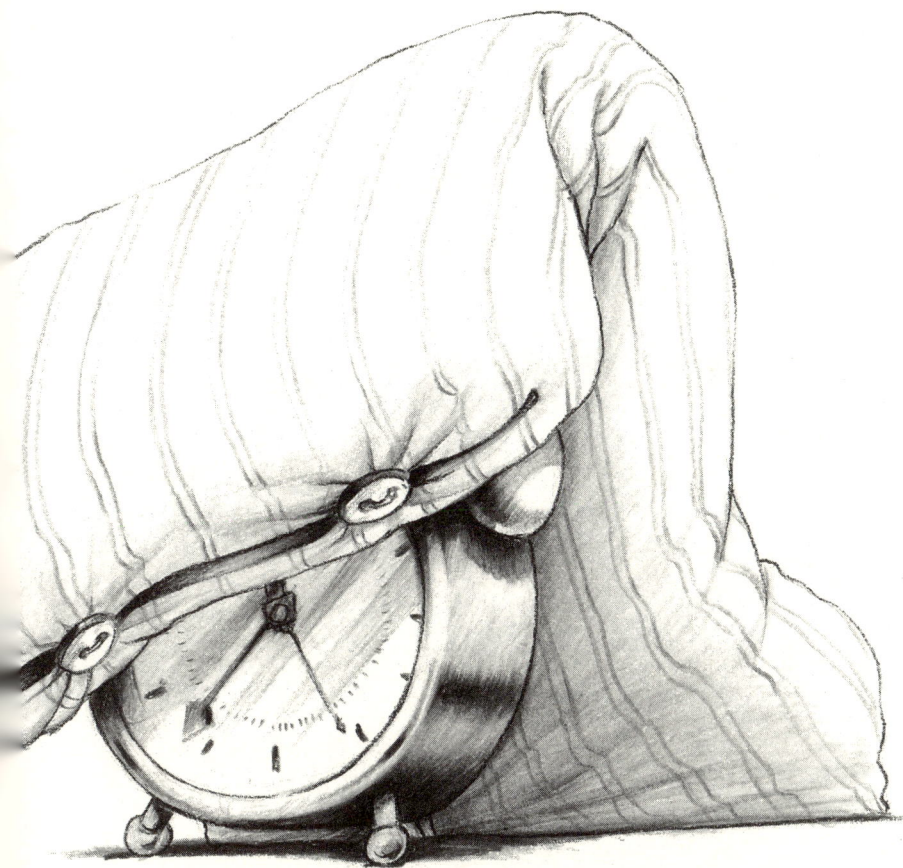

望我抓住小偷？"

弗里茨不无忧虑地摇摇头。"你已经问过一遍了。"他说，"孩子们对我来说不是小偷。他们只是爱开一些愚蠢的玩笑而已。这点你应该清楚。"

还没等我反驳，他就吹着口哨进了屋。

午饭时，妈妈问我："你办得怎么样了？"

"弗里茨找到了他的鞋。"

"但是听起来你好像并不引以为荣。"她说。

"事实上也没什么值得引以为荣的。"

妈妈奇怪地看着我。然后，她说："不

管是否引以为荣——无论如何，你的任务完成了。儿子，你在听我说话吗？现在对你来说，功课第一，而且要全力以赴！"

我小心翼翼地用叉子卷起意大利面条。"明天是星期天。"我说。

"我知道。那又怎样？"

"我明天不用去学校。"我平静地解释道，"到明天晚上为止，我会找到那两个偷滑轮鞋的男孩，不然我就此金盆洗手。再给我一天时间，好吗？"

妈妈考虑了一下："弗里茨说过，你不用理会那些男孩。"

"他是说过这话，"我说，"但是正因为这一点，整件事有点不太正常。"

"好吧，"妈妈说，"你还有明天一天的时间。不能再延长了。"

　　"不会再延长的，妈妈。"

4 公车站

比萨店

几乎整个星期天我都在房间里无所事事，听我妈妈的滚石乐队的旧唱片，喝牛奶，嚼不计其数的口香糖。下午，太阳终于从厚厚的云层中探出头来。这让我很高兴。侦探们不喜欢下雨。穿着湿漉漉的衣服，躲在房子的角落里观察别人，这不是我的作风。

没过多久，我就去了比萨饼

店。这听起来很奇怪：我现在唯一的希望就是弗里茨的滑轮鞋再被人偷掉一次。这次，我希望我无论如何能在案发现场，最好能当场就抓住这两个男孩。有没有这种可能性：第一次的偷窃行为也是他俩？无论如何，我都必须完全搞清楚整件事情。作为一个侦探，这是我的尊严对我提出的要求。

站在萨尔瓦多比萨饼店对面的公共汽车站，我可以将一切尽收眼底，而且不会被别人发现。我等在那里，直到弗里茨出现。他和平常一样：肚子前挂了托盘，上面放了好多盒比萨饼，背上背了个背包，里面装满了饮料，脚上穿着他那双绿色的滑轮鞋。

录像店

接着，弗里茨开始滑动。我跟在他后面保持一定的距离。本来，我可以带上我的滑板，但是它发出的声音太大了。

今天，弗里茨送外卖看起来从容有余。我跟在他后面并不觉得累。他把前面四盒比萨饼送到了附近的一幢房子里，另外几份送到了两条街外的录像店。这两次他都穿着滑轮鞋。然后，他去了我家所在的那个区。这个时候，他

滑得越来越快，以至于我快跟不上他了。在离

奥尔佳小售货亭不远的地方，我终于把他给跟

丢了。

我开始发愁……直到我拐过一幢房

子——离我不远处，弗里茨正蹲在一辆汽车

旁。在他面前的人行道上放着什么，他正在拨

弄这些东西。我得上前去仔细看个究竟。

我蹑手蹑脚地走近，看清了弗里茨手里忙

活的东西。老实说，眼前的这一幕让我大跌眼

镜。弗里茨正把轮子从滑轮鞋上拆下来，千真万确，他面前就放着已经拆下来的五个轮子！

我完全惊呆了，目瞪口呆地看着他把剩下的三个轮子也拆了下来，接着他把所有的轮子一起放进了他的夹克口袋里。然后，他就穿着袜子上路了。

这家伙是不是疯了？那几次丢鞋把他搞得几乎神经错乱了？不然他怎么会自己亲手把滑轮鞋的轮子拆下来呢？

弗里茨正大步流星地往我家走去。如果我侦探的直觉正常的话，他一定会马上按响我家的门铃，跟我们讲他的滑轮鞋又被偷了。我敢打赌！

克瓦特家

我猜对了。五分钟后，当我回到家时，弗里茨正和妈妈坐在厨房里吃着奶酪面包。他们还喝着红葡萄酒。

"你知道弗里茨出了什么事吗?"妈妈突然问我。

我给自己倒了杯牛奶。"不知道。"我说。

"这次他们把轮子从他的滑轮鞋上给拆走了。"她说，"简直难以想象，他们真是越来越放肆了!"

"是的，"我边说边看看弗里茨。他回避我

的目光。"他们为什么要把滑轮鞋上的轮子拆下来呢?"我问他。

"我要是知道就好了。"弗里茨咕哝着。

此刻,我的思绪就像过山车一样飞速地旋转起来。我该怎么办?快点想,快点!我命令自己。

这时，我的目光落在剩下的半瓶红葡萄酒上。它正放在桌上。

弗里茨还穿着他的夹克。他把轮子藏到夹克里了。我得想个办法拿到轮子。

我指了指酒瓶。"再来点葡萄酒？"我试探

地问他。

他点点头。妈妈吃惊地看着我。她还没见过我这么有礼貌的时候。我从桌上拿起酒瓶，走到弗里茨身后，像一个高级服务员一样给他倒满了酒，然后把剩下的倒在了他的夹克上。

"坏了！"弗里茨大声叫着，跳了起来。

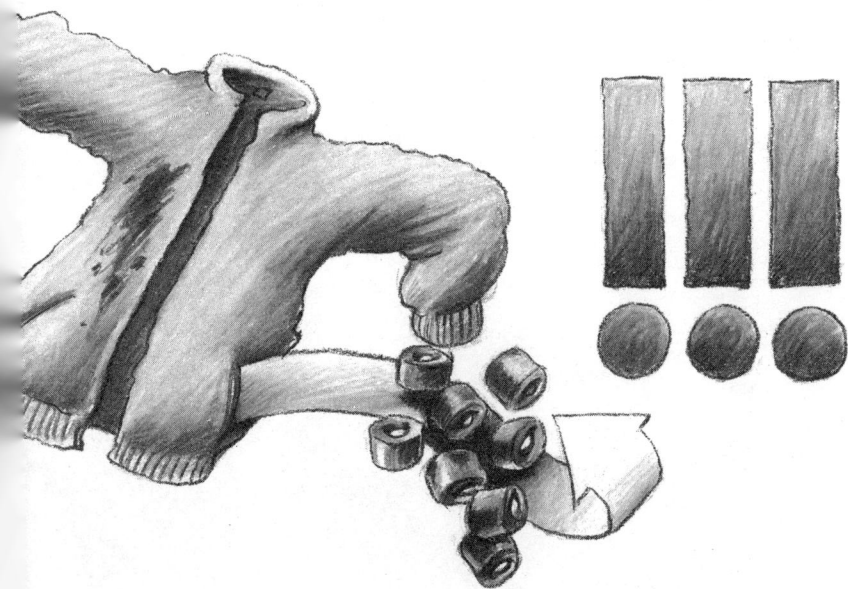

"我的天！孩子，你这是怎么了?!"妈妈责备我。

我表现出后悔莫及的样子。"对不起，"我说，"瓶子又湿又滑。"

"把夹克脱下来吧。"妈妈对弗里茨说，"明天我就把它送去洗洗。"

弗里茨摆摆手："克瓦特太太，不需要这样。我到家撒点盐在上面，再放到洗衣机里洗洗就可以了。"

"不。应该立刻把盐撒到污渍（zì）上。"

妈妈反对道，"不然就洗不掉了。把夹克给我吧。"

弗里茨真的就把夹克脱了下来。

妈妈从柜子里取出盐瓶，急急忙忙往卫生间走去。

"弗里茨，对不起。"我向弗里茨再次表示歉意。

他摇摇手："没关系。总会发生这种事的。"

"我马上去洗洗手。"我说完就跟着去了妈妈那儿。

当我来到卫生间时，妈妈用满是责备的眼神看看我，又继续洗夹克。

但是不一会儿，她再次出去取些盐。这真是千载难逢的机会啊！我迅速从夹克口袋里摸出四个轮子，把它们藏到了洗衣篮里。

过了一会儿，妈妈和我一起重新回到了厨房。

这时候，弗里茨已经喝完了杯里的葡萄酒。

"我得走了。"他说，并小心翼翼地把夹克放到了托盘上。就是那块堆放比萨饼的托盘。

"克瓦特，这次你还愿意接这个案子吗？"

"那当然，"我回答道，"另外，酬劳也跟以前一样。"

弗里茨同意了。他站起身准备告辞，但是妈妈插手进来："你向我保证过的，此后以功课为重。你的保证——"我不等她说完就接过了话："现在还是星期天，不是吗?"

我说完就走了，妈妈一个人愣在那里。弗里茨已经消失在楼道里。我迅速闪进卫生间，把四个轮子放进口袋，出了家门。

我不用跑很远就赶上了弗里茨。在离我家第二条马路上，弗里茨正跪在路灯下安装他的滑轮鞋。我很激动，躲在暗处。我猜得没错——他突然愣住了，在夹克里东掏西捞，又在裤兜里翻了半天，最后，他检查起周围的地面来。

　　这个时候，我不能再袖手旁观了。我走过去，叉开两脚站在他面前。

然后，像变魔术似的，拿出了四个轮子。这是我用葡萄酒小伎俩拿到的。我问道："你在找这个吗？"

直到此时，弗里茨才注意到我。他吓了一大跳："克瓦特，你怎么会有这个？"他说话结结巴巴，左眼也紧张不安地抽动。轮子从我手中一个个地滚落到石板地上。我说："我在你的夹克口袋里找到的。"

"在我的夹克口袋里？"显然，弗里茨的脸涨得通红，就像发烧了一样。他若有所思。然后，他气呼呼地盯着我："之前你是故意把葡萄酒洒到我身上的，是不是？"

"很有可能。"我回答。

"但是你怎么知道轮子就在衣服里呢？"他继续问我。

"弗里茨，这个很简单，"我说，"我怎么都觉得滑轮鞋失踪这件事有点蹊跷。所以在你从萨尔瓦多比萨饼店出来之后，我就一路上跟踪你了。于是，我看见你把轮子从鞋上拆了下来。"

起先，弗里茨对我的这番回答没有任何反应，专心致志地把我带来的轮子装到了第二只滑轮鞋上。

"克瓦特，你真了不起。"他终于说话了，

"我可能低估了你。"

他穿上安装好轮子的鞋子，把鞋带系紧。

我对他说："我等着。"

"等什么？"

"等一个解释。"我说。

"解释什么？"

这下我生气了。"解释什么？"我喊了起来，

"你做的一切都好像你真的被人偷了鞋子和轮

子。你甚至还编造出小偷是什么样的人。"

弗里茨点头道："但是——"

"现在听我说！"我大声吼着，"你自己就是小偷。就是你！所以，你只要我把滑轮鞋找到就可以了。再也没有人比你更像一个真正的小偷了！"

弗里茨低头看着地面，抓抓后脑勺。

"为什么要这样？"我问他，"我在你的这个游戏里又扮演了什么角色？你为什么一定要让我去找这些根本就没有被偷的东西？说啊，我听着！"

这时，弗里茨把手放在了我的肩上："这件事情说来话长。如果你陪我去萨尔瓦多比萨

饼店，我就跟你讲所有的事情……我的老天，在你面前我表现得真差劲！"

我们慢慢往前走。一路上，弗里茨和盘托出："萨尔瓦多比萨饼店是全城唯一一家用滑轮鞋来送外卖的。我们也因此而出名，许多人就因为这个订我们的比萨饼。"

他抹去额头上的汗珠："刚开始，我也觉得穿着滑轮鞋送外卖很有意思。但是，不知从什么时候起，我就厌倦了。你试试在大风天里穿着滑轮鞋去送外卖就知道了。那是什么滋味……有几次，我问萨尔瓦多，为什么我就不能像其他外送员一样开辆车。你知道他是怎么回答的吗？'把我如此美味的比萨饼放到臭烘烘的汽车里去？决不！'于是，这就让我进退两难。因为我喜欢这份

155

工作，我也喜欢萨尔瓦多。"

弗里茨深深地吸了口气，继续他的故事："唉，所以我就想，我怎样才能让萨尔瓦多给我配置一辆汽车。"

现在，我什么都明白了："所以，你就想：如果我的滑轮鞋总被人偷走，萨尔瓦多就会妥

协的。汽车可以锁起来，别人就偷不走了。"

"是的。"弗里茨肯定道。

"而我得把丢失的滑轮鞋找到，"我说，"因为你得有个证人。不然，萨尔瓦多就会怀疑是你自己把滑轮鞋搞丢的——事实上他完全没有猜错。"我补充道。

这时，弗里茨显得十分懊恼："克瓦特，对不起，这不是一个好办法。"

我摇摇手："那下一步会怎样呢？"

"能怎样呢？"弗里茨沮丧地说，"我还是继续穿着我的滑轮鞋到处送比萨饼。"

我几乎有点同情弗里茨了。因为这个时候乌云正笼罩着天空，一阵猛烈的大风吹乱了我

的头发。

我们来到比萨饼店时，店门大开着。萨尔瓦多正把烤好的比萨饼从炉子里取出来。比萨饼散发出阵阵香气，我们都要晕眩了。

"你去哪儿了，弗里茨?"萨尔瓦多咕哝着，"好多客人订了比萨饼正等着你去送呢!"

"对不起。"弗里茨向他的老板道歉。

老板对此一言不发，只是把一个个比萨饼放到已经准备好的盒子里去。"把滑轮鞋脱下来。"突然，他命令弗里茨。

弗里茨吃了一惊。"你不能这么做，"他吞吞吐吐地说，"你不能因为我唯一的一次迟到就把我解雇了！"

"谁说要解雇你？"萨尔瓦多反问道，"把滑轮鞋脱下来。把这些比萨饼送到老街 14 号，布拉格先生那里去。"

"走过去？"弗里茨一头雾水。

萨尔瓦多诡秘地笑道："弗里茨，到院子里去。那里有好东西在等着你。"

这时，弗里茨傻眼了。我

还从没见过有谁像他这样傻愣的。突然，弗里茨绕过柜台冲到萨尔瓦多面前，响亮地亲了他的脸颊两下。"谢谢你！"他高兴地喊道，"哦，你真伟大！"

然后他朝我说："克瓦特，来，一起去！"

"一起去?" 萨尔瓦多在我们身后喊着，"这是不允许的!"

但是这话弗里茨已经听不到了。他跑过我身边，穿过一条狭长的走廊，奔向院子。

"汽车!" 他不停地喊着，"汽车!"

然后，他打开院子的门——一下子愣在那里。不，等在那里的不是一辆汽车，而是一辆自行车。一辆颜色花哨的自行车，车后座上还配了用来放比萨饼盒的箱子。

"怎么样? 你高兴吗?" 萨尔瓦多的声音从我们身后传来。他拿来了比萨饼和车钥匙。弗里茨刚才太兴奋了，把这些都忘了。

"嗯。" 弗里茨嘀咕着，"我以为是一辆……"

但是萨尔瓦多好像没有听见他在说什么。

"自行车没有臭气，"他说，"就像滑轮鞋一样。骑起来还能更快些呢。"

他朝我笑笑："另外，自行车还可以锁起来。"

说完，他就回到店里去了。

弗里茨叹着气，把比萨饼盒放到箱子里，然后跨上了坐垫。

"唉。"他说。

"唉。"我说。

"就这样了，克瓦特。"

"是的。"我说。

"一辆自行车。"他说。

"也不错。"我试图安慰他。

"也许吧。"弗里茨说，"好了，我得出发了。不然，比萨饼就冷了。我之后再来看你。"

"弗里茨，再见。"

"再见，克瓦特。"

这就是弗里茨和失踪了的滑轮鞋的故事。

之后还发生了什么？今天——事隔两个星期后，我的数学考试得了个 2 分①。妈妈很高兴，我的老师也是。给大人们制造点惊喜真是小菜一碟。

---

① 德国考试成绩评分为 6 分制。1 分：优秀；2 分：良好；3 分：中等；4 分：及格；5 分：不及格；6 分：差。